平成十三年度　俳人協会賞受賞

往馬

茨木和生

東京四季出版

目次

句集

往馬

いこま

一九九七年（平成九年）

日々仰ぐ小塩山は

天皇を風葬の山初日差す

半歌仙独吟したる試筆かな

素謡をして包井に立ちゐたり

湖の波は小刻み手鞠唄
琴を弾き終へたるひとり米こぼす
みづうみの湧き立つといふ吹雪かな

雪浪を鶫喜び跳びにけり

雪催木桶二つに水張られ

樏の紐の付け方から習ふ

雪漕ぎをして業平の墓に行く

雪を踏み抜かずに鹿の逃げ行けり

一本の針金なりし貂の罠

木雫の穴散らばれる氷かな

笹鳴の声吐き捨ててゐたりけり

極道の祖父に炉話とびにけり

明るさよ木々に芽吹のあらざれど
薪割の枕出でたる雪間かな
花多し放置されたる梅林は

勢ひが付き来る雉の鳴き声も

春障子鯉が跳ねしと開けにけり

鯉生簀洗ひてゐたる落花かな

刀匠は白の通し着山桜
杉花粉日和宇陀郡吉野郡
蝌蚪の紐抜けたる蝌蚪のかたまれり

ゐずなりし蚕飼疲れを知る人も

日帰りの出来ざる山に薬狩

杉苗が浮く滝壺の濁り水

ぼとぼとの田植布子を吊るしけり

洗はれてゐて流されず蛇の衣

蛇の衣畳の上に延ばしけり

葉の裏の白があざやか若牛蒡
茅の輪編む萱束ひとつ転がせり
青祈祷幣を飛ばしてしまひけり

先頭は海に踏み入る虫送
残り火を海へ投げたる虫送
鮎苗の出荷土用を過ぎたれど

濃き墨はひかりて乾き雲の峰

花嫁の立ち上がりたる円座かな

穴々に稲荷の鳥居草いきれ

土砂除きをり半裂の生簀より
水廻りゐる砂糖水出されたり
助けたるごとく浮人形抱く

鯉の粗鯉に与へて朝涼し

粗塩を盆の送りに入れにけり

悼　細見綾子先生

身を伸ばし泣く桑の木のでで虫も

後の雛飾りてひとり山に棲む
松茸に毒深吉野のこのぬくさ
四阿の棟木は丸太小鳥来る

魚籠の蓋甘くて逃げし落鰻
焼《やき》帛《しめ》の火の炎とならずかたまれり
焼帛の融けたるものの黒しづく

猪防ぐ手立て尽くせし稲を干す
突掛かり来たり穴惑の蝮
新しき落石小田刈月の田に

火山性鳴動続く草泊

潮枯れの樹に落鷹の止まりけり

貝割菜日の暮の露小石にも

萱塚を二基立ててあと萱刈らず

赤ものが生贄に多し神無月

お火焚の炎摑んで身に塗れり

鹿革のチョッキ着し祖父七五三

投石は滝に届かず七五三

鏡なすとは小春日の夢の淵

甘塩のぐぢのべとつき小六月

大峰に初雪ありし日差かな

囮鴨泥に座つてゐたりけり

兎狩など一笑されにけり
吊られたる猪の乳首の育ちゐず
渋面の干されて間なき小殿原

天日より得たる色艶小殿原
干菜湯におほぢがふぐりふやけたり
鷹に襲はれたる羽毛白鳥陵

伊賀越の時雨がとんで山の神
逝く年の生木仕立の塔婆かな
にぎやかなこと好き暮の生御魂

一九九八年（平成十年）

懸の魚烏賊は開いてありにけり
蓬萊の栄螺を取りて食せといふ
祇園流せり小太りの嫁が君

二まはり下の妻とか戸詣
手に溢れさせて雲腸取り出せり
時とまりたるごと奈良の雪催

野施行の籾撒いてある渚かな
束ねたる標ひとつづつ傾つ
しかと見し炎を巻ける狐火を

向かひ来ることあらざりし狐火は

九絵釣は三日も坊主避寒宿

寒喰の九絵一頭といふべかり

探梅の熊立ちさうな所なる

旧正のみづうみに水満ちゐたり

若山牧場（宇都宮）

栗落葉踏みて埃を立てて歩く

栗落葉踏み静塔の歩を思ふ
源流に立つ建国の日の前の
雪のなき名残の猟となりにけり

待つものに穴出でて来る蛇《くちなは》も
いかに嘆く涅槃に貝の来てをれば
勿体をつけ治聾酒を注がせけり

仰がずに比叡が見えて耕せり
挫折味はひしボクサー青き踏む
莫《な》告《のり》藻《そ》の花咲く磯に遊びけり

子持ち鯊泥にと走り込みにけり
浮鯛の二枚目拾はむ拾はむと
西ようず御井の差し水潮気にて

ひかり降るごとく雨来て山桜
山桜いまも盥に湯灌して
花見虱払ふ仕草と見たりけり

薇も蕨も猪の掘り荒す

清滝の地道歩ける薄暑かな

薄暑なり水を離るる水音も

蹴り脚の伸びすこやかな鹿の仔かな

水面に重なり乾く竹落葉

在五忌の伝業平の山の墓

河鹿鳴くところまで山下り来たる
流さるることなく河鹿鳴き続く
餅ひとつ腹に入れ来し蛍狩

蛍呼ぶわれと思へぬ声出して

水音に近づき離れ蛍狩

湖のひらけてきたる蛍狩

きりころと聞けばころきり雨蛙

引潮に乗り形代の流れ行く

鮎釣に好雨といふはなかりけり

傘開きたるは一本早松茸
泉への道火を振つてくれにけり
朝日まだ山を出でざる泉かな

蹴躓きたるものの蔓とすぐ判る
目の並ぶまでに扁平蛇轢かる
担ぎ来し袋を出して天草干す

水の粉のままこつついてくづしけり

人参の花の汚くなりゐたり

母方に吉事の続くさくらんぼ

鳥獣の氷《こほり》柱《ばしら》に白布着す
尻子玉抜かれしごとき水中り
島の子の日焼さはやか夜も遊ぶ

暮石の忌きつねのかみそりが咲けば
終戦の日の火を美しく焚けり
屋上へスリッパで出て大文字

おしつこはそこいらでおし大文字
滴りを受くる地蔵の地蔵盆
影踏を教へられをり地蔵盆

お供物に電気の球も地蔵盆

台風に雄々しと思ふ生駒山

鋭さを増す八朔の鵯の声

焼帛の煙夜明に動き出す
休耕の山田も僧都外しゐず
夕日差空に離れし秋の山

月の道伊勢へと下り一途なる
露の庭攩網に掬ひし鯉運ぶ
毒菌原油のごとく腐りたる

種《くさ》々《ぐさ》の雑茸誓子なら食はず

猟解禁山豊年といふ年の

付き纏ひ来て狩の犬らしからず

ふつつかな娘といふは狩の犬

鬼飲みをさせられてをる滑子汁

沖荒れを見にゆきて炉に戻り来ず

大年の熊野に仏見舞かな

一九九九年（平成十一年）

正月の地べたを使ふ遊びかな

歯固めに鴨の砂肝造りけり

串本節二番の歌詞を忘初

かまくらを崩したる雪捨てに行く

還暦の宴寒鯉の血を飲めと

負真綿買ふ人ゐたる三輪詣

厚司着て世吉を巻きに出掛けけり

狐火の立ちしあたりといふところ

戒壇院裏の崖なる穴施行

雪雫せず日の差してをりたれど
一晩に付火が二件雪起し
酒臭き番屋に仮寝北しぶき

白魚を汲む朧銀の潮の色

煤黒の仏の立てる余寒かな

天寿とはいへざるお顔涅槃像

貧相に描かれし蛇涅槃絵図

春《はる》志《ざし》の石を鳴らして戻りけり

京都府福知山市三和町大原　大原神社

屈み入りたり闘鶏の掛筵

枝々のほのめきたてる山桜

花下微笑青畝の顔に及くはなし

土佐山中の右城暮石出生地

暮《くれ》石《いし》は四戸の小字竹の秋

雉の子の飛ばずつぎつぎ走りけり

雀蜂いらつきゐると注意受く

深吉野にて雀蜂に似しものを猪蜂といふ

猪蜂山の日差を切りて飛ぶ

へこたれてゐし甘藷苗も付きにけり

橡の花仰げば雨が横に飛ぶ

袋角雌に舐めさせゐたりけり

大阪の雨ざうざうと鱧の皮

鴉追ふことも一善安居僧

蒼朮を焚きゐる末寺東山

育ち来る虫にも田水沸きにけり
晒時ひかりの汚れ言ひにけり
晒井の夜の賑へる山家かな

濁流の白く崩るる西日かな

草いきれ尿が出がたくなりゐたり

祇園でのこととはいへず水中り

ぶつくさと声中伏の後架より
金銅の持仏を船に目白捕
山の色空の色澄む暮石の忌

松根の束を解かずに門火焚く

割箸の脚背に出たる茄子の馬

岩に乗り上げて曲がれり秋出水

一本は蝮酒なり月の宴
月の宴男の船場ことばかな
狼を詠みたる人と月仰ぐ

七十の恋姥月の出逢より

磯伝ひゆけりひとりの秋遍路

神杉を突いて鉄砲宮相撲

大和には群山ありぬ小鳥来る
おやおやと案山子の顔に近づけり
焼帛に焼酎吹いてゆきにけり

田の庵に寄り来て冠句会開く
空に声放ち人呼ぶ菌狩
地のものはよけれ湿地も松茸も

松茸よ太い蕾と言ひゐるは
初鴨が沢と祝詞に詠み上ぐる
見落しの橡の実一升ほど拾ふ

秋の滝水崩れずに落ちにけり

貝割菜走つて水を撒きにけり

金色の一瞬ありき朴落葉

狩心月の男体山見ればは
噴煙も下ろして来たる吹雪かな
狐火を殺生石に見てみたし

飛ぶごとく宇陀郡過ぐる時雨雲
点睛に金を入れたる囮鴨
囮鴨流れを切つてゐたりけり

大榾を庭に焚きゐる夜伽かな

狐よと聞き耳立つる夜伽かな

十卓を使ひ九絵鍋はじめたり

このところ遠くに行かず鯨売
持ち寄りしもの闇汁に重ならず
どれかひとつはこのわたの握り飯

二〇〇〇年（平成十二年）

雲な隠しそ元旦の生駒山
隠国の御降りに日の差しにけり
旧法華寺村福藁の一戸かな

帆柱に来て初声を高めけり

青々忌朝の祇園にひとり来て

一月十二日四天王寺の聖徳太子生誕祝事

芋馬は乾き黴びゐず生身供

塩噴ける昆布を鹿尾菜を生身供
こがねうちのべたるごときこのこかな
落ち来たる水を絞れり冬の滝

壺底に水至らざる冬の滝
雪見舟月輪熊の皮を敷く
にぎはひとならず氷魚の水揚は

業平の墓標を締め直す
猫汚る炉もへつつひもあらざれど
恋などはまつぴらと猫太りけり

父若し一夜官女の手を引きて

本堂を待合室に二日灸

種鯉に入れし萱束水温む

諸子舟伊吹の晴に出しにけり

空隠れしてゐるごとく残り雪

水中にまで蓼の芽の拡がれり

狐狸の立ち寄りし跡ある雪間かな

熊の糞崩れてゐたる雪間かな

罠づくり伝授してをる春炉かな

春雪の解けて乾きし山毛欅落葉
神饌の若鮎櫃に移しけり
料峭のもたついてゐる神事かな

脚を踏み込んで雉子の鳴きにけり

石打つて貝を剝せり磯遊

盆の箸つくる麻種蒔きにけり

孕雀土俵に跳ねてゐたりけり

吊橋に出て春星を仰ぎけり

ネクタイにとまりてとばず雀蜂

刈らざりし寺山の萱別れ霜
散骨を帝もしたり山桜
秘めごとのごとく氷室の桜狩

浪音も夏に入りけり健吉忌
五月蠅なす神々の国日本は
神棚に鏡がひとつ糸を引く

上刺をしたる膝当糸を引く

雲湧いて雲に加はる栗の花

卯浪立つ沖の見えゐる土俵かな

大分行　八句

湯煙の立つ山にして明易し

海地獄梅雨の濁りとならず澄む

鬼蓮の花地獄より湯を貰ふ

水馬雨かと思ふ動きせり
鳰泳ぐ蘆原の子を呼び出して
寺に来し甲斐ありとせば時鳥

麦藁を焚く火の音を懐しむ

木雫の吹き飛んで来る泉かな

鮎釣つてゐず天竜は濁り川

蚊だやしの地渋崩して泳ぎけり
蚊だやし＝目高そっくりの移植種の魚

指深く切りたる記憶青芒

漏水を伝ひ来てゐし蟇

生真面目とちがふまじめさ蔓

鼬傷片目に受けし緋鯉かな

岩魚の目くもりをらねど死にゐたり

山椒魚男ひでりの村といふ
水のなきところも走り水馬
岩に着く鮴掃き寄せて捕りにけり

宇治川鵜飼

鵜の喉《のんど》ブラックバスを吐き出せり

口唇の彩抜け落ちし閻魔かな

大樽に蓮を咲かせて閻魔堂

稗蒔や絹布に毛描きしてをられ

朝涼の筆を走らせずに運ぶ

夕河岸の三和土氷塊けぶらへり

脱色をせざるがよけれ皮鯨
貝の腸擂りたる垂れを沖膾
しぶちんといはるるは癪祭来る

祇園会の水美しく鯉を飼ふ
水中り日差払うてをられけり
鮒鮨に初足を運び来られたる

日盛の湖に波なかりけり
湖を切る遠泳の頭かな
潮満ちとどまる天神祭かな

寝食を持ち船でして目白捕
目白捕言葉も卑しからざりし
渋り腹なるとはいへず涼み舟

井戸替の痩鯉を投げ上げにけり
生駒山鳴れるごとくに日雷
日雷田を這うて稲いたはれり

月山行　八句

土用干茂吉のカンカン帽あらず

百年杉二百年杉出羽涼し

天狗蛾が飛べり羽黒の闇を出て

雪渓が見ゆ月山の遥拝所
雪渓に押し潰されし木道出づ
月山を降り来し湯殿詣かな

後厄を湯殿の素足詣かな

月山の御神酒が出て船遊

暮石忌の太陽暑さ極まれり

子の疣を抓む苧殻を買ひにけり
切れ切れとなりたれど大大文字
盆過ぎてゐたり蝮を捕らざれど

山拓きたる学校にをどりけり
別荘に来てゐる人もをどりけり
空き家に戻らず秋祭の夜も

光り来るものはと見れば秋の蜂

秋暑し雲ざわついてゐることも

秋口の潮小溝に差しゐたり

深く晴れゐて高潮の日本海
灯台も官舎も無人送南風
油火を点す畦道秋祭

月並の句をな恐れそ獺祭忌

山川の響動み流るる良夜かな

眉毛剃り落して後の更衣

鳥寄せの上手な翁猿子鳥

食用の茸出てゐし詩仙堂

ばつたんこ水余さずに吐きにけり

鰍突き砂をとばして鰍逃ぐ
鯊の竿鯔に振り回されてをり
水際にまで水霜のありにけり

神鶏の蹴爪がみごと七五三
日輪に向ひて歩む七五三
湖の波に日が跳ぶ七五三

七五三戻りの港めぐりかな

神饌の芋も大根も洗ひゐず

龘《かし》き場に塩打つ亥子祭かな

板の間を打つてつくれり亥子餅

冬の蜂竹箒より出でて飛ぶ

落石がありし短日の寺の崖

洗ひたてなる子祭の嫁大根

炭火掻き出してでびらをあぶりけり

でびら＝伊予の方言で鰈の干物

海豚とは知らせてをらず薬喰

夜は狐来るといふなる漁港かな

狐火を知らず狐もまだ見ずと

地磯より少し離れて海鼠突く

貂の罠仕掛けてありし飯場かな

杉山の荒れを痛めり石鼎忌

始まつて来し神杉の霜雫

皆伐をせし杉山に冬の鹿
霜晴の山々空を拡げけり
花付けり炭木に運ぶ椿にも

往馬　畢

あとがきⅠ

定年を迎えて、ふるさとに近い平群《へぐり》の町に移り住んだ。平群の地は、『古事記・下巻』の歌謡に、

日下部の　此方の山と　畳薦《たたみこも》　平群の山の

と、謳われた地である。

幼い頃から、ありがたいと思って仰いできた生駒の山が、さらに近付いて目の前に見える地である。しかし、定年となったものの、二年間引き続いて勤めることになった。住むにはよい地に移ったのだが、通勤の往復に四時間近くかかって、これは辛かった。

上梓する句集『往馬』は、私の第七句集である。私の句集は、『木の國』から始まって、『遠つ川』『野迫川』『丹生』『三輪崎』『倭』と、

熊野と大和の固有名詞をその題名にしてきた。この句集『往馬』もいま住む地の古名である。古代から、生駒の地は、「生馬」「往馬」「胆駒」「膽駒」「胆馬」「射駒」「伊古麻」などと書かれてきたが、そのひとつ、往馬を使うことにした。また、産土の神が往馬神社でもあるからである。

この地に住んで二年、生駒、平群の地を称えて歩き、句を詠むことはできなかった。しかし、勤めを終えたこれからは、この地を歩きたいと思っている。それらの句を集めて句集『往馬』を編んでもよかったが、第七句集は『往馬』にすると言挙げていたので、そのようにした。

二〇〇一年　花祭の日

茨木和生

あとがきII

句集『往馬』は、平成十四年二月第四十一回俳人協会賞を受賞した、私にとっては思い出の深い一本である。

私の第一句集『木の國』は五百部上梓したのだが、いま私の手元に一冊しかない。この一冊というのは、第二句集『遠つ川』の上梓の時と変っていない。そうだから、句集はすこし多い目に作ってきた。それでも、『遠つ川』、第三句集『野迫川』、第四句集『丹生』、第五句集『三輪崎』、第六句集『倭』は古書店で求めたものを含めて、二冊しか残っていない。

句集『往馬』は私の第七句集だから、千二百部を上梓したように思っているが、俳人協会賞を受賞したことでよく売れ、これもいまは手元に数冊を残すのみとなっている。

第一句集『木の國』は、平成十年邑書林から文庫本として上梓したから、手に入りやすくなった。句集『往馬』は、いま入手困難な句集となっているから、東京四季出版から文庫本として出版したい旨の話があったとき、渡りに船とお願いすることにした。

句集『往馬』は、ふるさとの大和に戻ってからの作品を含んでいるが、いま読み返してみて、地への食い込みの足りなさを悔いている。言訳がましいが、ふるさとの地に戻ってからの二年間は引き続き大阪の職場に勤めることになっていたから、通勤時間に往復四時間少しかかったのが辛かったと思い出している。

句集『往馬』以降、ふるさとの地に落ち着いて、『畳薦』、『椣原』、『山椒魚』と三冊の句集を上梓しているが、句集『往馬』はその原点になっている一本である。手にとってお読みくださることを期待している。

二〇一二年　雨水の日

茨木和生

著者略歴

茨木和生（いばらき・かずお）

一九三九年（昭和十四年）奈良県生れ。
高校時代より、右城暮石主宰の「運河」、山口誓子主宰の「天狼」に所属。
現在「運河」主宰、「晨」「紫薇」同人。
俳人協会理事、日本文藝家協会会員。
第十一回俳人協会評論賞受賞。第四十一回俳人協会賞受賞。

句　集　『木の國』（昭54）『遠つ川』（昭59）『野迫川』（昭63）『丹生』（平3）『三輪崎』（平5）『倭』（平10）。『往馬』（平13）『季題別茨木和生集』（平15）『畳薦』（平18）『椣原』（平19）『山椒魚』（平22）。『自註現代俳句シリーズⅤ期・茨木和生集』（昭63）『現代俳句文庫・茨木和生集』（平4）『西の季語物語』（平8）『俳句と俳景・のめ』（平9）『俳句入門』（平9）『花神現代俳句・茨木和生』（平10）。『多作こそ飛躍への力』（平14）『季語の現場』（平17）『松瀬青々全句集上巻・下巻』を監修（上巻 平23、下巻 平18）。共著『日本庶民文化資料集成・第五巻』（昭48）外多数。

現住所

〒六三六―〇九〇六　奈良県生駒郡平群町菊美台二―一四―一〇

俳句四季文庫

往　馬（いこま）

2012年5月17日発行

著　者　茨木和生

発行人　松尾正光

発行所　株式会社東京四季出版

〒160-0001 東京都新宿区片町 1-1-402

TEL 03-3358-5860

FAX 03-3358-5862

印刷所　あおい工房

定　価　1200円（本体1142円＋税）

ISBN978−4−8129−0700−9